JN335512

THE NURSERY ALICE
Lewis Carroll

Art Work: Asami Kiyokawa
Translation: Mizuhito Kanehara
Photography: Kenshu Shintsubo
Art Direction & Design: Hideki Nakajima

Published by Sun Chiapang (Little More Co.,Ltd)
First published in March 2013 in Japan by Little More Co.,Ltd
3-56-6 Sendagaya, Shibuya-ku, Tokyo 151-0051,JAPAN

Telephone: +81(0)3-3401-1042
Facsimile: +81(0)3-3401-1052

info@littlemore.co.jp http://www.littlemore.co.jp

Printing&Bookbinding: Toppan Printing Co.,Ltd

©Asami Kiyokawa/Little More 2013
Printed in Japan
ISBN 978-4-89815-357-4 C0093

All rights reserved.
No part of this book may be reproduced
without written permission of the publisher.

もくじ

前書《まえが》き

『不思議《ふしぎ》の国《くに》のアリス』はすでに数百人《すうひゃくにん》のイギリスの子《こ》どもたちに読《よ》まれているようです。それも5歳《さい》から15歳《さい》の子《こ》どもたちだけでなく、15歳《さい》から25歳《さい》までの子《こ》どもたちにも。いや、それだけでなく25歳《さい》から35歳《さい》まで。いやいや、それだけではありません。年《とし》を取《と》って、どんなに建康《けんこう》や体力《たいりょく》がおとろえても、人生《じんせい》のじつにつまらないことや、安《やす》っぽいけばけばしさや、希望《きぼう》のない悲《かな》しみに出会《であ》っても、子《こ》どもらしい心《こころ》にわきあがってくる純粋《じゅんすい》な喜《よろこ》びの泉《いずみ》が干上《ひあ》がることのない人々《ひとびと》にも読《よ》まれているのです。そういう人々《ひとびと》の物語《ものがたり》は語《かた》られないまま、大切《たいせつ》に沈黙《ちんもく》のなかにしまわれています。

さて、いまわたしは大《おお》きな野望《やぼう》を抱《いだ》いています（不可能《ふかのう》なことかもしれませんが）。それは0歳《さい》から5歳《さい》の子《こ》どもたちに読《よ》んでもらうという野望《やぼう》です。いや、読《よ》んでもらうというより、指《ゆび》でめくってもらって、きゃっきゃっと笑《わら》ってもらって、ページを折《お》ったりしわくちゃにしてもらって、キスしてもらいたいのです。まだ字《じ》が読《よ》めない、文法《ぶんぽう》なんてまるっきり知《し》らない、えくぼのかわいい子《こ》どもたちに。そう、子《こ》ども部屋《べや》を楽《たの》しそうな大声《おおごえ》でいっぱいにして、母親《ははおや》の心《こころ》を温《あたた》かい喜《よろこ》びでいっぱいにしてくれる子《こ》どもたちに！

わたしはそんな子《こ》どもをひとり知《し》っています。その子《こ》は、きびしいしつけをされていて、どんなものだって女《おんな》の子《こ》にはひとつで十分《じゅうぶん》と教《おし》えられていました。パンがふたつほしいとか、オレンジがふたつほしいとか、なんであれ、ふたつほしいというと、「よくばりはいけません」としかられてしまうのです。その子《こ》が、ある朝《あさ》、ベッドにすわって、自分《じぶん》の足《あし》をふたつ、じっと見《み》つめ、小声《こごえ》で自分《じぶん》をしかっていました。「おくばりは、めーだよ」

一八九〇年　復活祭《ふっかつさい》の日《ひ》に

1　白《しろ》ウサギ

アリスって幼《おさな》い女《おんな》の子《こ》がいてね、その子《こ》がすごく変《へん》な夢《ゆめ》をみたんだ。

どんな夢《ゆめ》だったか、ききたい？

アリスの夢《ゆめ》は、こんなふうに始《はじ》まったんだ。まず、白《しろ》ウサギが走《はし》ってきた。それもすごい速《はや》さで。そしてアリスの前《まえ》までくるとぴたっと止《と》まって、ポケットから時計《とけい》を取《と》りだした。

変《へん》だろ？　ウサギが時計《とけい》を持《も》ってるところなんか、だれもみたことないし、それもウサギは時計《とけい》をポケットに入《い》れてたんだから。まあ、ウサギだって時計《とけい》を持《も》ってれば、ポケットもなきゃこまる。だって、口《くち》にくわえると不便《ふべん》だし。だって、手《て》は使《つか》うからね。走《はし》るときなんかに。

そのウサギはかわいいピンクの目《め》に（だいたい白《しろ》ウサギの目《め》はピンクって決《き》まってるんだけど）、ピンクの耳《みみ》。おしゃれな茶色《ちゃいろ》のジャケットを着《き》て、ジャケットのポケットからは赤《あか》いハンカチがのぞいてた。青《あお》いネクタイに黄色《きいろ》のベスト。じつにおしゃれな格好《かっこう》だった。

「うわっ！」ウサギがいった。「遅刻遅刻遅刻《ちこくちこくちこく》！」

何《なに》に遅刻《ちこく》だといってるかというと、このウサギ、公爵夫人《こうしゃくふじん》に会《あ》いにいくことになってたんだ（そのうち公爵夫人《こうしゃくふじん》に会《あ》えるよ。キッチンで椅子《いす》にすわってるんだ）。公爵夫人《こうしゃくふじん》は年《とし》よりで、かんしゃく持《も》ち。ウサギも、公爵夫人《こうしゃくふじん》を待《ま》たせたら、すごく怒《おこ》られるってわかってる。だから、むちゃくちゃおびえてるんだ（ほら、ふるえてるだろう？　え、ふるえてない？　じゃ、この本《ほん》をちょっと横《よこ》にゆすってみよう。ほら、ふるえてる）。もしかしたらウサギは首《くび》をはねられるかもしれない。公爵夫人《こうしゃくふじん》だけじゃなくて、ハートの女王《じょおう》もよくこれをやる。かっとなるとね（ハートの女王《じょおう》にもそのうち会《あ》えるよ）。まあ、女王《じょおう》は「首《くび》をはねちゃえ」と命令《めいれい》すれば、部下《ぶか》は命令通《めいれいどお》りにすると思《おも》ってるけど、じつは部下《ぶか》がそんな命令《めいれい》に従《したが》ったことは一度《いちど》もない。

ウサギは遅刻《ちこく》するとまずいから、おおあわてで走《はし》ってった。アリスは、どうなるんだろうと思《おも》って、あとを追《お》いかけて、走《はし》って、走《はし》って、走《はし》って……ウサギの巣穴《すあな》にまっさかさま。

CENTRUM CHODOV
skvělé nákupy

どこまでも落《お》ちていった。どこまでも、どこまでも、どこまでも。アリスは、そのうち、地球《ちきゅう》のまん中《なか》を抜《ぬ》けてむこう側《がわ》に出《で》るんじゃないかと思《おも》ったくらいだ。

すごく深《ふか》い井戸《いど》に落《お》ちたみたいな感《かん》じだった。ただ、水《みず》がないけど。こんなふうに落《お》ちてったら、死《し》んじゃうよね、普通《ふつう》は。だけど、これは夢《ゆめ》だからだいじょうぶ。だって、落《お》ちてる落《お》ちてると思《おも》ってても、どこかほかのところで横《よこ》になって、くうくう、ぐうぐう、寝《ね》てるんだから。

そのうち、このむちゃくちゃな落下《らっか》もついに終《お》わって、アリスは枯《か》れた枝《えだ》と葉《は》っぱの上《うえ》に落《お》ちた。けど、どこにもけがはなかったから、ぴょんと飛《と》びあがって、またウサギのあとを追《お》いかけた。

これがアリスの奇妙《きみょう》な夢《ゆめ》の始《はじ》まりだった。もしきみも今度《こんど》、白《しろ》ウサギに会《あ》ったら、こう思《おも》うように。あ、これから奇妙《きみょう》な夢《ゆめ》をみるかもしれない、幼《おさな》いアリスと同《おな》じように。

2　アリス、背《せ》が高《たか》くなる

アリスはウサギの巣穴《すあな》に落《お》っこちて、地下《ちか》の世界《せかい》をどこまでもどこまでも走《はし》っていくうち、突然《とつぜん》、大《おお》きな部屋《へや》に出《で》た。壁《かべ》にはいくつもドアがついていた。ところが、どれも鍵《かぎ》がかかってて、残念《ざんねん》なことに、部屋《へや》から出《で》ることができない。アリスは悲《かな》しくてたまらなくなった。

しばらくして、アリスは小《ちい》さなテーブルの前《まえ》にやってきた。三本足《さんぼんあし》のガラス製《せい》のテーブルだ。そのテーブルの上《うえ》に小《ちい》さな鍵《かぎ》があった。アリスは部屋《へや》をぐるっと回《まわ》って、その鍵《かぎ》で開《ひら》くドアがないか調《しら》べてみた。

がっかり！　鍵《かぎ》はどのドアにも合《あ》わなかった。ところが、最後《さいご》の最後《さいご》に、もうひとつ小《ちい》さなドアがみつかった。アリスは大喜《おおよろこ》び！　鍵《かぎ》がぴったり合《あ》ったんだ。

アリスは小《ちい》さなドアを開《あ》けると、かがんで、のぞいてみた。何《なに》がみえたと思《おも》う？　びっくりするほど美《うつく》しい庭《にわ》が広《ひろ》がってたんだ！　アリスは外《そと》に出《で》たくてたまらなくなった。しかし、ドアが小《ちい》さい。どんなに体《からだ》をちぢめてもくぐれない。ネズミ穴《あな》から外《そと》に出《で》るようなもんだ！

しかたなくアリスはドアに鍵《かぎ》をかけて、鍵《かぎ》をテーブルの上《うえ》にもどした。そのとき、さっきはなかったものが目《め》に入《はい》った。なんだと思《おも》う？　小《ちい》さな瓶《びん》だ。ラベルには「飲《の》んでみる？」と書《か》いてあった。

なめてみると、すごくおいしい。アリスはこくこくっと飲《の》んでしまった。すると、おかしなことが起《お》こった！　さあ、何《なに》が起《お》こったか？　きっと、わからないだろう。よし、教《おし》えてあげよう。アリスは小《ちい》さく小《ちい》さくなっていったんだ。そして小《ちい》さな人形《にんぎょう》くらいになってしまった！

アリスはつぶやいた。「やった。これであのドアから入《はい》れる！」そして走《はし》っていった。ところがところが、ドアには鍵《かぎ》がかかってた。鍵《かぎ》はテーブルの上《うえ》だ。手《て》が届《とど》かない！　なんであのとき鍵《かぎ》をかけちゃったんだろう。

アリスが次《つぎ》にみつけたのは小《ちい》さなケーキだった。それには「食《た》べてみる？」と書《か》いてあった。もちろん、アリスは食《た》べた。さあ、どうなったと思《おも》う？　わからないだろうな、きっと！　じゃ、今度《こんど》も教《おし》えてあげよう。

大《おお》きく大《おお》きく大《おお》きくなったんだ。前《まえ》より背《せ》が高《たか》くなった！　子《こ》どもとは思《おも》えないくらい高《たか》くなって、大人《おとな》よりも高《たか》くなって、高《たか》く、高《たか》く、高《たか》くなった！

ほら、どんなふうになったかわかった？

きみは、どっちか選《えら》べといわれたらどうするかなあ？　子猫《こねこ》くらいの小《ちい》さなアリスになるか、頭《あたま》が天井《てんじょう》にぶつかるくらい背《せ》の高《たか》いアリスになるか。

3　涙《なみだ》の池《いけ》

アリスはすごく喜《よろこ》んだだろうって？　小《ちい》さいケーキを食《た》べて、びっくりするくらい背《せ》が高《たか》くなったから？　そのとおり。今度《こんど》はガラスのテーブルから小《ちい》さな鍵《かぎ》を取《と》って、小《ちい》さなドアを開《あ》けることができた。

それはよかったんだけど、ドアが開《あ》いたって、出《で》られないいんじゃしょうがないだろう？　アリスはまたこまった！　必死《ひっし》に、床《ゆか》すれすれまで頭《あたま》を下《さ》げて、片目《かため》でドアから外《そと》をのぞいてみた。だけど、そこでおしまい。かわいそうに、アリスはしゃがみこんで、心臓《しんぞう》が破裂《はれつ》しそうなくらい泣《な》いた。

泣《な》いて泣《な》いて、泣《な》いて泣《な》いた。涙《なみだ》が部屋《へや》のまん中《なか》を流《なが》れていくところは、一本《いっぽん》の大《おお》きな川《かわ》のようだった。そしてまたたくまに、部屋《へや》の半分《はんぶん》くらいの、大《おお》きな涙《なみだ》の池《いけ》ができた。

そのままだったら、アリスは今日《きょう》までそこにじっとしてたかもしれない。だけど、たまたま白《しろ》ウサギがその部屋《へや》にやってきた。公爵夫人《こうしゃくふじん》のところにいく途中《とちゅう》だったんだ。思《おも》いきりおしゃれな格好《かっこう》で、片手《かたて》に白《しろ》い子羊《こひつじ》の革《かわ》の手袋《てぶくろ》、もう片方《かたほう》の手《て》には小《ちい》さな扇子《せんす》を持《も》っている。そしてぶつぶつぶつぶつ、つぶやいていた。「コーシャク・フジン、コーシャク・フジン！　待《ま》たせたりしちゃ、大目玉《おおめだま》！」

しかしアリスには気《き》がつかない。そこでアリスは声《こえ》をかけた。「すいません、あの……」アリスの声《こえ》は天井《てんじょう》からきこえてきた。頭《あたま》がそこにあったからね。白《しろ》ウサギはぎょっとして、手袋《てぶくろ》を落《お》とし、扇子《せんす》を落《お》として、いちもくさんに逃《に》げてった。

そのとき、信《しん》じられないくらい奇妙《きみょう》なことが起《お》こった。アリスが扇子《せんす》を拾《ひろ》って、顔《かお》をあおいだとたん、また小《ちい》さくなったんだ。そしてあっという間《ま》に、ネズミくらいになっちゃった。

さて、この挿絵《さしえ》をみれば、次《つぎ》に何《なに》が起《お》こったかわかるね。海《うみ》みたいだろ？　だけど、これは涙《なみだ》の池《いけ》。アリスの涙《なみだ》でできた池《いけ》なんだ！

そしてアリスはその池《いけ》に落《お》っこちた。そしてネズミもいっしょに落《お》っこちた。そしてふたりはいっしょに泳《およ》いでる。ほら、挿絵《さしえ》の泳《およ》いでるアリス、かわいくない？　青《あお》い靴下《くつした》もみえる？　水《みず》の下《した》の下《した》のほう。

だけど、なんでネズミはあわててアリスから逃《に》げようとしてるんだろう？　なぜかというと、アリスがぺちゃくちゃくちゃぺちゃくちゃ、まるでけんかしてる犬《いぬ》と猫《ねこ》みたいに話《はな》しかけたからなんだ。ほら、ネズミって、猫《ねこ》も犬《いぬ》もきらいだから。

他人《たにん》の涙《なみだ》の池《いけ》で泳《およ》いでるときに、だれかがやってきて、勉強《べんきょう》しろとか薬《くすり》をのめとかいわれたら逃《に》げたくなるのと同《おな》じかな。

4　メラタデ競争《きょうそう》

涙《なみだ》の池《いけ》からあがったアリスとネズミは、もちろんずぶぬれ。ほかのみんなもずぶぬれだった。そう、ほかのみんなも池《いけ》におっこちてたんだ。ドードー鳥《ちょう》（シチメンチョウよりでっかい鳥《とり》）、アヒル、インコ、ワシの子《こ》ども、その他大勢《たおおぜい》。

全員《ぜんいん》、どうやって体《からだ》をかわかそうかと首《くび》をひねっているところだ。そこでドードー鳥《ちょう》が――とっても頭《あたま》がいい鳥《とり》でね――メラタデ競争《きょうそう》をやればいいといった。どんな競争《きょうそう》か知《し》ってる？

知《し》らない？　えー、そんなことも知《し》らないのかあ。じゃあ、よくきくように。きみの足《た》りない知識《ちしき》をおぎなってあげよう。

まず、コースを作《つく》る。あっちでもこっちでも、場所《ばしょ》はどこでもOK《おーけー》。形《かたち》もだいたいでOK《おーけー》。なんとなく丸《まる》くなってて、もとのところにもどってくるようになってればOK《おーけー》だ。

次《つぎ》に、全員《ぜんいん》であっちこっちこっちに立《た》つ。どこでもOK《おーけー》。ただ、一箇所《いっかしょ》にかたまらないように。

「1、2、3、スタート！」なんてかけ声《ごえ》も必要《ひつよう》なし。好《す》きなときにスタートして、好《す》きなときにやめてOK《おーけー》。

こうして、全員《ぜんいん》が競争《きょうそう》を始《はじ》めた。アリスもほかの動物《どうぶつ》もぐるぐる走《はし》っているうちに服《ふく》や羽根《はね》や毛《け》がかわいてきた。するとドードー鳥《ちょう》がこういった。みんな一等賞《いっとうしょう》だ、みんな賞品《しょうひん》がもらえるぞ！

賞品《しょうひん》をあげるのは、もちろん、アリス。そこでアリスはポケットに持《も》っていたキャンディーをひとつずつみんなにあげた。ところが、最《さい》後《ご》のアリスのぶんが足《た》りなかった！

それでどうしたと思《おも》う？　アリスはほかに、指《ゆび》ぬきしか持《も》ってなかった。さあ、挿絵《さしえ》をみてみよう。どうしたかわかるね？

「それをわたしなさい！」ドードー鳥《ちょう》がいった。

ドードー鳥《ちょう》は指《ゆび》ぬきを受《う》けとると、それをアリスに返《かえ》していった。

「このかわいい指《ゆび》ぬきを、お受《う》け取《と》りください！」ほかの動物《どうぶつ》もみんな、おめでとうといって拍手《はくしゅ》した。

なんか変《へん》なプレゼントだよね。友《とも》だちがきみの誕生日《たんじょうび》に、きみのおもちゃ箱《ばこ》から人形《にんぎょう》を取《と》りだして、「お誕生日《たんじょうび》おめでとう。すてきなプレゼントを！」といってくれたって、うれしくもなんともないだろう？

やっぱりプレゼントは新品《しんぴん》でなくちゃ。自分《じぶん》のものをもらうなんて、いやだよね。

5　トカゲ

　さて、これからは白《しろ》ウサギの家《いえ》でのアリスの冒険《ぼうけん》の話《はなし》だ。

　ほら、おぼえてる？　あの白《しろ》ウサギ、手袋《てぶくろ》と扇子《せんす》を落《お》っことしちゃっただろう。アリスの声《こえ》が上《うえ》からきこえてきてびっくりしたときに。ところが、公爵夫人《こうしゃくふじん》のところにいくのに、手袋《てぶくろ》と扇子《せんす》なしじゃまずいわけだ。そこで、しかたなく、白《しろ》ウサギはさがしにもどってきた。

　その頃《ころ》には、ドードー鳥《ちょう》もほかの仲間《なかま》もいなくなっていて、アリスがひとりであたりを歩《ある》いていた。

　白《しろ》ウサギはどうしたと思《おも》う？　じつは、この白《しろ》ウサギ、アリスをみて、自分《じぶん》のうちのメイドだと思《おも》ったんだ。そしてこういった「メアリー・アン！　すぐに家《いえ》に駆《か》けもどり、わたしの手袋《てぶくろ》と扇子《せんす》を持《も》ってこい！　急《いそ》げ！」

　目《め》がピンクだったから、よくみえなかったのかもしれない。アリスはメイドの格好《かっこう》はしてないからね。だろ？　だけどアリスは素直《すなお》ないい子《こ》だったから、ちっともいやな顔《かお》をしないで、白《しろ》ウサギの家《いえ》まで全速力《ぜんそくりょく》で走《はし》っていった。

　運《うん》のいいことに、ドアは鍵《かぎ》がかかってなかった。もし鍵《かぎ》がかかっててベルを鳴《な》らしたら、本物《ほんもの》のメアリー・アンが出《で》てきて、中《なか》に入《い》れてもらえなかったかもしれない。それに、アリスが駆《か》け足《あし》で階段《かいだん》を上《あが》っていくときに本物《ほんもの》のメアリー・アンに会《あ》わずにすんだのも、すごく運《うん》がよかったと思《おも》う。きっと泥棒《どろぼう》にまちがわれたはずだからね！

　こうしてアリスはやっとのことで白《しろ》ウサギの部屋《へや》にたどりついた。テーブルの上《うえ》には手袋《てぶくろ》が置《お》いてあった。アリスはさっさともどろうとしたんだけど、ふとみると、テーブルの上《うえ》に小《ちい》さな瓶《びん》があった。もちろん、ラベルにこう書《か》いてあった。「飲《の》んでみる？」。もちろん、アリスは飲《の》んだね。

これも運《うん》がよかった。だろ？　だって、もし飲《の》まなかったら、これから話《はな》そうと思《おも》ってるすてきな冒険《ぼうけん》は起《お》こらなかったからだ。それって、つまんないだろう？

きみもそろそろアリスの冒険《ぼうけん》になれてきたはずだから、アリスがどうなったか、見当《けんとう》がつくよね。え、つかない？　じゃ、話《はな》してあげよう。

大《おお》きく、大《おお》きく、大《おお》きくなったんだ。またたく間《ま》に部屋《へや》はアリスでいっぱいになった。瓶《びん》にジャムがいっぱい、って感《かん》じ！　天井《てんじょう》にもアリス、すみからすみまでアリスアリスアリスアリスになっちゃった！

ドアは内側《うちがわ》に開《ひら》くようになってたから、開《あ》けようとしても開《あ》けられない。そのうちしびれを切《き》らした白《しろ》ウサギが自分《じぶん》で取《と》りに帰《かえ》ってきたんだが、中《なか》に入《はい》れない。

白《しろ》ウサギはどうしたと思《おも》う？（さあ、また挿絵《さしえ》をみてみよう）。白《しろ》ウサギは、トカゲのビリーに、家《いえ》の屋《や》根《ね》に登《のぼ》って、煙突《えんとつ》から中《なか》に入《はい》ってみるようにいいつけた。ところが、アリスの足《あし》が片方《かたほう》、暖炉《だんろ》をふさいでいた。アリスはビリーが煙突《えんとつ》をおりてくる音《おと》に気《き》がつくと、足先《あしさき》で軽《かる》く蹴飛《けと》ばした。ビリーはひゅんと煙突《えんとつ》から、空高《そらたか》く飛《と》んでった！

ビリーも災難《さいなん》だ！　かわいそうだろう？　ぶったまげて、おったまげて、飛《と》んでったんじゃないかなあ！

6　かわいい子犬《こいぬ》

えっ、子犬《こいぬ》にみえないって？　いや、アリスのほうがぐっと小《ちい》さくなっちゃったんだ。だから、子犬《こいぬ》だけど大犬《おおいぬ》にみえるってわけ。アリスは白《しろ》ウサギの家《いえ》の中《なか》にあった小《ちい》さな魔法《まほう》のケーキを食《た》べたんだ。するといきなり小《ちい》さくなって、ドアから外《そと》に出《で》られた。もしケーキを食《た》べなかったら、アリスはあのまま家《いえ》の中《なか》だっただろう。それって残念《ざんねん》だよね？　だって、あのままだったら、アリスはいろんな変《へん》な夢《ゆめ》をみられなかったんだから。そうそう、その夢《ゆめ》の話《はなし》をこれからするからね。

だから、これは子犬《こいぬ》なんだ。ほら、かわいいだろう？　よくみてごらん。アリスが突《つ》きだしてる枝《えだ》にほえてるところだ！　アリスはなんか、こわごわって感《かん》じで、大《おお》きなアザミの後《うし》ろに隠《かく》れてる。飛《と》びかかってくるんじゃないかとこわいんだ。それって、四頭《よんとう》だての大《おお》きな馬車《ばしゃ》に引《ひ》かれるようなもんだからね！

きみはうちに子犬《こいぬ》を飼《か》ってる？　もし飼《か》ってるなら、やさしくして、おいしい物《もの》を食《た》べさせてやるように。

ずいぶん前《まえ》のことだけど、子《こ》どもが何人《なんにん》かいてね、そうそう、きみと同《おな》じくらいだった。みんなで一匹《いっぴき》の犬《いぬ》を飼《か》ってたんだ。名前《なまえ》はダッシュ。そのダッシュの誕生日《たんじょうび》のごちそうの話《はなし》をきいたことがあるんだ。

「あのさ、ある日《ひ》、あっ、今日《きょう》はダッシュの誕生日《たんじょうび》だって気《き》がついたんだ。それで、ぼくたち、ダッシュにも誕生日《たんじょうび》のおいしいごちそうをあげようって思《おも》ったんだ。だって、ぼくたちも誕生日《たんじょうび》にはそうしてもらうもん！　だからみんなで考《かんが》えたんだ。何《なに》にしよう、どうしようって、『ぼくたち誕生日《たんじょうび》に何《なに》がいちばん食《た》べたいっけ？』って。何《なに》にしよう、どうしようって考《かんが》えて、ようやく決《き》まった。『そうだ、オートミールがいい！』これならダッシュも大喜《おおよろこ》びだぞって。

みんなでコックさんのところにいって、お皿《さら》にいっぱい、おいしいオートミールを作《つく》ってもらったんだ。ぼくたちはダッシュを家《いえ》の中《なか》に呼《よ》んで、こういった。『さあ、ダッシュ、誕生日《たんじょうび》のごちそうだよ！』ぼくたちは、ダッシュが大喜《おおよろこ》びするぞって思《おも》ったのに、ダッシュったら、ぜんぜん！

ぼくたちはダッシュの目《め》の前《まえ》にお皿《さら》をおいていってやったんだ。『さあ、ダッシュ。がつがつ食《た》べちゃだめだぞ。ぎょうぎよく食《た》べるんだぞ、いい子《こ》だから』って。

ダッシュったら舌《した》の先《さき》でちろっとなめて、げって顔《かお》をしたんだ！　それっきり、見向《みむ》きもしない！　だからみんなでオートミールをスプーンでむりやり食《た》べさせたんだ！」

アリスはこの子犬《こいぬ》にオートミールを食《た》べさせるかなあ？　まあ、むりだな。だって、アリスはオートミール持《も》ってないし。それに挿絵《さしえ》にはお皿《さら》もないしね。

7　青《あお》いイモムシ

アリスがどうなったか知《し》りたい？　あの子犬《こいぬ》からはうまく逃《に》げたよ。だって、大《おお》きすぎて遊《あそ》び相《あい》手《て》にはならないしね（きみだって、カバの子《こ》どもを相手《あいて》に遊《あそ》ぶのはあまり楽《たの》しくないだろう？　あのでっかい足《あし》で踏《ふ》まれたら、パンケーキみたいにぺっちゃんこだよ！）。だからアリスは、子犬《こいぬ》がよそ見《み》をすると、さっさと逃《に》げだしたんだ。

アリスはあっちにいったりこっちにきたりしたけど、どうしたら元《もと》の大《おお》きさにもどれるかわからない。もちろん、何《なに》かを飲《の》むか食《た》べるかすればいいのはわかってた。今《いま》までそうだったからね。だけど、何《なに》を食《た》べたら、何《なに》を飲《の》んだらいいのか、さっぱりわからなかったんだ。

そのうち、大《おお》きなキノコの前《まえ》までやってきた。背《せ》のびをすると、ようやく傘《かさ》の上《うえ》がみえた。そこに何《なに》がいたと思《おも》う？　まあ、あんなやつとはきみだって一度《いちど》も話《はな》したことはないだろうな。それは絶対《ぜったい》まちがいない！

青《あお》くてでっかいイモムシ！

アリスと青虫《あおむし》がどんなおしゃべりをしたかはあとで話《はな》すから、まず、挿絵《さしえ》をじっくりみてほしい。

変《へん》な物《もの》があるだろう？　イモムシの前《まえ》。これは水《みず》パイプといって、タバコを吸《す》うのに使《つか》うんだ。煙《けむり》が長《なが》い管《くだ》を通《とお》ってくる。管《くだ》がぐるぐるくねくね曲《ま》がってるのが、ちょっとヘビみたいだね。

イモムシも大変《たいへん》だよね。毎晩《まいばん》、足《あし》がなくなってないか、たくさんの足《あし》を数《かぞ》えてたしかめなきゃならないんだから。

もうひとつ大変《たいへん》なのは、どの足《あし》から動《うご》かすか決《き》めなくちゃならないことだ。足《あし》が40も50もあって、歩《ある》こうと思《おも》ったら、どれから動《うご》かすか考《かんが》えるのに時間《じかん》がかかって、いつになっても歩《ある》けないんじゃないか。

さて、アリスとイモムシはどんなおしゃべりをしたんだろう？

アリスは、大《おお》きくなったり小《ちい》さくなったりして、すごくこまってるって打《う》ち明《あ》けた。

するとイモムシは、今《いま》の大《おお》きさじゃだめなのかい、ときいた。

アリスは、もう少《すこ》し大《おお》きいほうがいいよ、だって、身長《しんちょう》10センチじゃなにもできないもん、と答《こた》えた（壁《かべ》に10センチの線《せん》を引《ひ》いて、自分《じぶん》の手《て》とくらべてみよう。そうすれば、アリスがどれくらい小《ちい》さいかわかるだろう）。

するとイモムシはこう教《おし》えてくれた。このキノコのこっち側《がわ》は食《た》べると大《おお》きくなって、あっち側《がわ》は小《ちい》さくなるよ。

そこでアリスはあっちを少《すこ》し、こっちを少《すこ》し食《た》べて、ちょうどいい大《おお》きさになった。そして公爵《こうしゃく》夫人《ふじん》のところにいくことにしたんだ。

8　子《こ》ブタ

アリスが公爵夫人《こうしゃくふじん》のところにいったときのことをききたいだろう？　すごくおもしろかったんだ、ほんとだよ。

　もちろん、アリスはまずドアをノックした。ところがだれも出《で》てこない。そこでドアを開《あ》けて入《はい》ってみた。

　さあ、挿絵《さしえ》をみてみよう。家《いえ》の中《なか》でアリスがみたものがちゃんと描《か》かれてる。

　ドアを開《あ》けるとそこはキッチンだった。公爵夫人《こうしゃくふじん》はキッチンのまん中《なか》にある椅子《いす》にすわって、赤《あか》ん坊《ぼう》を抱《だ》いてた。赤《あか》ん坊《ぼう》はわんわん泣《な》いてて、鍋《なべ》ではスープがぐつぐつ煮《に》えてて、料理女《りょうりおんな》はスープをぐるぐるかき回《まわ》してた。そして猫《ねこ》——チェシャ猫《ねこ》——がにたにた笑《わら》ってた。チェシャ猫《ねこ》はいつもこうなんだ。こんな様子《ようす》が、アリスの目《め》に飛《と》びこんできた。

　公爵夫人《こうしゃくふじん》はきれいな帽子《ぼうし》とガウンを着《き》てるね？　だけど、顔《かお》はあんまりきれいじゃない。

　赤《あか》ん坊《ぼう》のほうは——きみだって、この子《こ》より何倍《なんばい》もかわいくて、おとなしい赤《あか》ん坊《ぼう》を何度《なんど》もみたことがあるだろうな、きっと。だけど、しっかりみといて。そうすれば、次《つぎ》にみたとき、あ、あの赤《あか》ん坊《ぼう》だってわかるから！

　料理女《りょうりおんな》は——もう少《すこ》しましな料理人《りょうりにん》がいそうだよね。

だけど、こんなにすてきな猫《ねこ》はみたことがないんじゃないか？　だよね。こんな猫《ねこ》を飼《か》ってみたいって思《おも》わない？　かわいい緑《みどり》の目《め》で、にたにた、にこにこ笑《わら》ってるんだから。

公爵夫人《こうしゃくふじん》のアリスにたいする態度《たいど》はひどかった。むちゃくちゃひどかった。だいたい公爵夫人《こうしゃくふじん》は自分《じぶん》の赤《あか》ん坊《ぼう》にむかって「ブタ！」とかいうくらいなんだ。ほら、この赤《あか》ん坊《ぼう》はどうみたってブタじゃないよね？ そして料理女《りょうりおんな》に、アリスの首《くび》をはねちゃえ、っていったんだ。もちろん料理女《りょうりおんな》はそんなことしなかったけどね。すると公爵夫人《こうしゃくふじん》は赤《あか》ん坊《ぼう》をアリスに投《な》げつけたんだ！ アリスは赤《あか》ん坊《ぼう》をキャッチすると、そのまま逃《に》げだした。まあ、それがいちばんよかったかな。

アリスは森《もり》の中《なか》を歩《ある》いていった。ぶさいくな赤《あか》ん坊《ぼう》を抱《だ》いてね。それがまた大変《たいへん》だった。この赤《あか》ん坊《ぼう》はくねくねもごもご動《うご》くんだ。だけど、アリスはうまい抱《だ》き方《かた》をみつけた。左足《ひだりあし》と右耳《みぎみみ》をつかむと、おとなしくなるんだ。おっと、絶対《ぜったい》にまねしちゃいけないよ。こんなふうに抱《だ》かれるのが好《す》きな赤《あか》ん坊《ぼう》なんてめったにいないからね！

赤《あか》ん坊《ぼう》はそれでも、ばーばー、ぶーぶー、うるさかったから、アリスは思《おも》わずしかりつけた。「ブタになりたいの？ だったら、もうほっとくから。いい?!」

そういって、アリスは赤《あか》ん坊《ぼう》の顔《かお》をのぞきこんだ。そのとき、何《なに》が起《お》こったと思《おも》う？ さあ、挿絵《さしえ》をみて、考《かんが》えよう。

「あ、これ、アリスが抱《だ》いてた赤《あか》ちゃんじゃない！」

ほら、やっぱり忘《わす》れてる。しっかりみといてっていったのに！ ほら、これはあの赤《あか》ん坊《ぼう》だよ。あの赤《あか》ん坊《ぼう》がブタになっただけなんだ！

アリスが下《した》におろしてやると、ブタは森《もり》の中《なか》に駆《か》けこんでった。アリスは小声《こごえ》でいった。「赤《あか》ん坊《ぼう》にしちゃ、ぶさいくだけど、ブタにしてはかわいかった」

きみもそう思《おも》うよね。

9　チェシャ猫《ねこ》

アリスはひとり、ひとりぼっち！　赤《あか》ん坊《ぼう》もいない。ブタもいない。ひとりぼっち！

だから、アリスはチェシャ猫《ねこ》をみて大喜《おおよろこ》びした。猫《ねこ》は、アリスの頭《あたま》の少《すこ》し上《うえ》の木《き》の枝《えだ》にいた。

猫《ねこ》の笑顔《えがお》はとてもすてきだけど、歯《は》がすごい！　アリスもちょっとこわかったけど、しょうがない。

アリスはこわかったけど、ちょっとだけだ。だけど、あの歯《は》はしょうがないよ。だって、歯《は》なしじゃ生《い》きていけないし、笑《わら》ってるってことは、怒《おこ》ってないってことなんだし。だから、アリスはとりあえず喜《よろこ》んだ。

アリス、とってもすました感《かん》じだろ？　まっすぐ上《うえ》をみて、両手《りょうて》を後《うし》ろで組《く》んで、まるで猫《ねこ》にむかって、宿題《しゅくだい》でおぼえてきた文章《ぶんしょう》を暗唱《あんしょう》してるみたいだ！

よし、ここでちょっと勉強《べんきょう》をしよう。このアリスと猫《ねこ》の絵《え》をみてるね？　こらこら、いやな顔《かお》をしちゃいけない！　すぐに終《お》わるから！

ほら、木《き》のそばに草《くさ》が生《は》えているだろう？　あれはフォックス・グラヴ（キツネの手袋《てぶくろ》）って名前《なまえ》なんだ。なんでそう呼《よ》ばれてるか知《し》ってる？　キツネと関係《かんけい》があると思《おも》ってない？　はい、はずれ！　キツネは手袋《てぶくろ》なんてはめないもん！

この花《はな》の正《ただ》しい名前《なまえ》はフォークス・グラヴっていうんだ。フォークっていうのは「人《ひと》」って意味《いみ》。昔《むかし》は妖精《ようせい》のことを「グッド・フォーク（いい人《ひと》）」と呼《よ》んでたって、きいたことない？

これで、勉強《べんきょう》はおしまい。ちょっと休憩《きゅうけい》しようか。きみのきげんが直《なお》るまで。

どう？　きげん直《なお》った？　気分《きぶん》よくなった？　口《くち》をとがらせてたりしてない？　よし、じゃ、続《つづ》きだ。

「チェシャちゃん！」アリスは呼《よ》びかけてみた（猫《ねこ》にしちゃ、かわいい名前《なまえ》だよね）。「どっちにいけばいいか教《おし》えてちょうだい」

チェシャ猫《ねこ》は、アリスにこう教《おし》えた。帽子屋《ぼうしや》にいくならあっち、三月《さんがつ》ウサギのところにいくならこっち。「帽子屋《ぼうしや》も三月《さんがつ》ウサギも頭《あたま》がおかしいよ！」

そういって猫《ねこ》はいなくなった。ロウソクの火《ひ》がふっと消《き》えるみたいにね！

そこでアリスは三月《さんがつ》ウサギの家《いえ》をたずねることにした。ところが出発《しゅっぱつ》しようと思《おも》ったら、またチェシャ猫《ねこ》があらわれた！　アリスは、そんなふうにぱっと出《で》たりぱっと消《き》えたりしないでよ、といった。するとこ今回《こんかい》、猫《ねこ》はすごくゆっくり消《き》えていった。それもしっぽから消《き》えていって、最後《さいご》に、にたにた笑《わら》いが消《き》えたんだ。なんか、すごい変《へん》だろ？　だって、もう猫《ねこ》はいないのに、にたにただけが残《のこ》ってたんだから。みてみたい？

このページの右端《みぎはし》をおると、アリスがにたにたをながめてるところがみえるよ。アリスはチェシャ猫《ねこ》をみていたときよりこわがってはいないだろう？　同《おな》じ顔《かお》だよね？

10　めちゃくちゃティーパーティ

これから話《はな》すのが、あの有名《ゆうめい》なめちゃくちゃティーパーティ事件《じけん》だ。アリスはチェシャ猫《ねこ》と別《わか》れると、三月《さんがつ》ウサギと帽子屋《ぼうしや》に会《あ》いにいくことにした。ところが、その途中《とちゅう》で、ふたりが大《おお》きな木《き》の下《した》で紅茶《こうちゃ》を飲《の》んでいるところに出《で》くわしたんだ。ふたりのあいだにはネムリネズミがいた。

すわっているのは3人《にん》きりなのに、テーブルの上《うえ》にはティーカップがずらっと並《なら》んでた。挿絵《さしえ》にはテーブルが途中《とちゅう》までしか描《か》かれてないけど、それでもカップが10個《こ》。三月《さんがつ》ウサギが手《て》に持《も》っているのも入《い》れてね。

これが三月《さんがつ》ウサギ。耳《みみ》が長《なが》くて、頭《あたま》に麦《むぎ》ワラがからまってる。麦《むぎ》ワラがからまってるってことは、頭《あたま》がおかしいってことなんだ。なんでかは知《し》らないけど。だから、髪《かみ》の毛《け》に麦《むぎ》ワラをさしたりしないように。頭《あたま》がおかしいって思《おも》われるからね。

テーブルの端《はし》にかっこいい緑《みどり》の肘《ひじ》かけ椅子《いす》があって、まるでアリスのために置《お》いてあるようだったから、アリスはそこにいってすわってみた。

アリスは三月《さんがつ》ウサギや帽子屋《ぼうしや》とずいぶん長《なが》いことしゃべった。ネムリネズミはあんまりしゃべらなかった。ネムリネズミってやつは、だいたい、ぐっすり寝《ね》てるね。ときどき、ぱちっぱちっとめをさますけど。

眠《ねむ》ってるときのネムリネズミは、三月《さんがつ》ウサギと帽子屋《ぼうしや》にとって、とても便利《べんり》だった。なにしろ、頭《あたま》がまるくてふかふかでまくらみたいだったからだ。ふたりはひじを置《お》いたり、もたれかかったりしながら、気持《きも》ちよさそうにしゃべってた。だれだって、頭《あたま》をまくらの代《か》わりに使《つか》われるのはいやだ。けど、ネムリネズミみたいにぐっすり寝《ね》てるときなら、気《き》がつかないから、気《き》にならないよね。

アリスは飲《の》み物《もの》も食《た》べ物《もの》も出《だ》してもらえなかったから、勝手《かって》に紅《こう》茶《ちゃ》をカップについで、バターを塗《ぬ》ったパンを取《と》った。だけど、アリスがどこからパンを持《も》ってきたのかはわからない。挿絵《さしえ》でもパンをのせるお皿《さら》がないしね。お皿《さら》を持《も》ってるのはネムリネズミだけかな。いや、三月《さんがつ》ウサギも持《も》ってたと思《おも》う。だって、4人《にん》がそろってとなりの席《せき》に移《うつ》るとき（それが、このめちゃくちゃティーパーティの決《き》まりだった）、アリスは三月《さんがつ》ウサギの席《せき》に移《うつ》ったけど、そのとき、三月《さんがつ》ウサギがお皿《さら》のなかにミルク入《い》れをひっくり返《かえ》したんだ。三月《さんがつ》ウサギのお皿《さら》とミルク入《い》れは、大《おお》きなティーポットの後《うし》ろに隠《かく》れてたんだろうな、きっと。

帽子屋《ぼうしや》は売《う》り物《もの》の帽子《ぼうし》を持《も》ち歩《ある》いてて、頭《あたま》にかぶってるのも売《う》り物《もの》だった。ほら、値札《ねふだ》がついてるだろう？　10と6と書《か》いてある。「10シリング6ペンス」ってことだ。だけど、変《へん》な売《う》り方《かた》だよね。それに帽子屋《ぼうしや》、おしゃれなネクタイしてない？

帽子屋《ぼうしや》は立《た》ち上《あ》がってアリスにいった。「その髪《かみ》、切《き》らなくちゃ！」なんかすごく失礼《しつれい》だよね？　それに、アリスの髪《かみ》って、切《き》らなくちゃいけないほどのびてないし。ちょうどいい長《なが》さだよね？　ぴったりだよ。

11　女王《じょおう》の庭《にわ》

ここが前《まえ》にも一度《いちど》話《はな》した「びっくりするほど美《うつく》しい庭《にわ》」の一部《いちぶ》だ。アリスは小《ちい》さくなって、なんとかあの小《ちい》さなドアを抜《ぬ》けてきた。きっと、後《うし》ろ足《あし》で立《た》ったネズミくらいの背《せ》丈《たけ》になったんだと思《おも》う。だからもちろん、この木《き》もすごく小《ちい》さくて、この人《ひと》たちもすごく小《ちい》さい。

それにしても変《へん》な連中《れんちゅう》だよね！　そもそも、人間《にんげん》かなあ。どう思《おも》う？　生《い》きてるトランプに頭《あたま》と腕《うで》と脚《あし》がくっついてるから、小《ちい》さな人間《にんげん》に見《み》えるだけなんじゃないか？　それに赤《あか》いペンキでなにしてるんだろう？　アリスはこの連中《れんちゅう》から、こんな話《はなし》をきいた。ハートの女王《じょおう》が、庭《にわ》のこのあたりに赤《あか》いバラの木《き》がほしいといったのに、この連中《れんちゅう》ったら何《なに》をどうかんちがいしたのか、白《しろ》バラの木《き》を植《う》えちゃって、びくびくなんだって。女王《じょおう》はかんかんに怒《おこ》って、こいつらの首《くび》をはねちゃえっていうにきまってるからね！

ハートの女王《じょおう》はとことん残酷《ざんこく》なので有名《ゆうめい》。それでかっとなるといつも、「首《くび》をはねちゃえ！」なんだ。部下《ぶか》はそんなことしないけどね。だれも女王《じょおう》の命令《めいれい》なんてきかないから。だけど、女王《じょおう》はいつもそういうんだ。

さて、この連中《れんちゅう》が何《なに》をしようとしてるかわかる？ うん、白《しろ》いバラを赤《あか》く塗《ぬ》ってるところだ。それも大急《おおいそ》ぎで、女王《じょおう》がこないうちにね。うまくやれば、女王《じょおう》にはそれが白《しろ》バラだってわからないだろうし、わからなければ、首《くび》をはねちゃえ、なんていわれることもないだろう？

大《おお》きなバラの花《はな》が6つ咲《さ》いてるよね。あれを全部赤《ぜんぶあか》く塗《ぬ》るのは大変《たいへん》だ。だけどもう3つと半分《はんぶん》は塗《ぬ》ってある。だから、手《て》を休《やす》めてしゃべったりしなければ――ほら、急《いそ》げよ、急《いそ》げったら！ 塗《ぬ》り終《お》わらないうちに、女王《じょおう》がきちゃうぞ！ 塗《ぬ》り終《お》わってない白《しろ》バラをみつけたら、どうなると思《おも》う？ 首《くび》をはねられちゃう！ だから、急《いそ》げ、みんな！ 早《はや》く、早《はや》く！

あ、きちゃった！ あ、怒《おこ》ってる！ あ、かわいそう、アリス！

12　ロブスター・ダンス

クローケーって球技《きゅうぎ》をやったことがある？　いろんな色《いろ》に塗《ぬ》った木《き》の球《たま》を転《ころ》がして、針金《はりがね》で作《つく》ったU《ゆー》字形《じがた》の門《もん》をくぐらせる遊《あそ》び。木《き》の球《たま》は、長《なが》い柄《え》のついた木槌《きづち》で打《う》って転《ころ》がすんだ。

さあ、挿絵《さしえ》をみて。アリスがクローケーをしてるところだ。

「でも、クローケーなんかできるわけないじゃない。アリスは赤《あか》い大《おお》きな鳥《とり》を、えっと名前《なまえ》なんてったっけ、抱《かか》えてるもん！　木槌《きづち》なんて持《も》てっこない」

いや、そうじゃない。あの赤《あか》い大《おお》きな鳥《とり》（フラミンゴっていうんだけど）が木槌《きづち》なんだ！　このクローケーでは、ボールは生《い》きてるハリネズミ――ハリネズミってボールみたいに丸《まる》くなるの知《し》ってるだろ？――木槌《きづち》はフラミンゴなんだ！

アリスは今《いま》、ちょっと休憩《きゅうけい》してるところで、こないだ会《あ》ったばかりの公爵夫人《こうしゃくふじん》と仲《なか》よくおしゃべりしてる。木槌《きづち》をなくさないように、腕《うで》に抱《かか》えてるってわけ。

「仲《なか》よくなんて、嘘《うそ》でしょ！　公爵夫人《こうしゃくふじん》は自分《じぶん》の赤《あか》ん坊《ぼう》をブタって呼《よ》んだり、アリスの首《くび》をはねちゃえなんていったのに！」

まあまあ、あれはジョークだったんだってば。アリスの首《くび》をはねちゃえっていったのはね。それに赤《あか》ん坊《ぼう》は——実際《じっさい》、ブタだったんだし！

だけど、ふたりのおしゃべりもすぐに終《お》わった。ハートの女王《じょおう》がアリスを連《つ》れにやってきたからだ。女王《じょおう》は、アリスをグリュプスとニセウミガメに紹介《しょうかい》しようと思《おも》ったんだ。ほらね。

え、グリュプスを知《し》らないって？　嘘《うそ》だろ?!　ほんとになんにも知《し》らないんだなあ。それって、絶対《ぜったい》、まずいと思《おも》う。ま、しょうがないや。挿絵《さしえ》をみて。赤《あか》い頭《あたま》と、赤《あか》い爪《つめ》と、緑《みどり》の鱗《うろこ》、それがグリュプス。わかった？

もう1匹《ぴき》がニセウミガメ。頭《あたま》が子牛《こうし》。なんでかっていうと、ニセウミガメのスープは、子牛《こうし》の頭《あたま》で作《つく》るからね。わかった？

「でも、みんな、なにしてるの？　アリスをかこんでぐるぐる回《まわ》ったりして？」

えっ、それもわからない？　ロブスター・ダンスを踊《おど》ってるんだよ。

そのうちグリュプスやニセウミガメに会《あ》うことがあったら、かわいらしくたのんでごらん、きっと踊《おど》ってくれるから。ただ、そばに近《ちか》づかないこと。アリスみたいに足《あし》を踏《ふ》まれちゃうのはいやだろう？

13 だれがパイを盗《ぬす》んだ？

ハートの女王《じょおう》がパイを作《つく》った話《はなし》、きいたことある？　そして、パイがどうなったか知《し》ってる？

「知《し》ってる！　歌《うた》があるもん」

ハートの女王《じょおう》がパイ作《づく》り
夏《なつ》のある日《ひ》のことだった
ハートのジャックが盗《ぬす》んで
逃《に》げちゃった！

そうそう、歌《うた》ではそうなってる。だけど、それだけでハートのジャックを罰《ばっ》するわけにはいかない。まずジャックをつかまえて、手錠《てじょう》をかけて、ハートの王《おう》さまの前《まえ》に連《つ》れていかなくちゃいけない。そして、ちゃんとした裁判《さいばん》にかけるんだ。

さあ、挿絵《さしえ》をみてみよう。そうすれば、これがどんなに重要《じゅうよう》な裁判《さいばん》かがわかると思《おも》う。裁判官《さいばんかん》が王《おう》さまなんだから！

王《おう》さまはとても立派《りっぱ》、だよね？　だけど、あまりうれしそうな顔《かお》じゃない。かつらの上《うえ》にのっかった大《おお》きな王冠《おうかん》が重《おも》くて、しんどいからだろう。だけど、王《おう》さまはかつらをつけて、王冠《おうかん》をかぶらなくちゃいけない。そうしないと、裁《さい》判官《ばんかん》だってことも、王《おう》さまだってことも、みんなにわからないからね。

女王《じょおう》は怒《おこ》ってる。テーブルのお皿《さら》の上《うえ》にパイがのってるね。あれは、女王《じょおう》がいっしょうけんめい作《つく》ったやつだ。そして目《め》の前《まえ》には、犯人《はんにん》のジャック（手錠《てじょう》の鎖《くさり》がみえる？）。こいつがパイを盗《ぬす》んだ犯人《はんにん》だ。だから、女王《じょおう》が怒《おこ》ってるのはしょうがないと思《おも》う。

白《しろ》ウサギが王《おう》さまのそばに立《た》って、あの歌《うた》を朗読《ろうどく》してるところだ。みんなに、ジャックがどんなに悪《わる》いやつか教《おし》えるためにね。陪審員《ばいしんいん》は「有罪《ゆうざい》」か「無罪《むざい》」を決《き》めるんだ。

さて、ここで、アリスに起《お》こった事件《じけん》を話《はな》すことにしよう。

アリスは陪審席《ばいしんせき》のすぐそばにすわってた。証人《しょうにん》として呼《よ》ばれたんだ。「証人《しょうにん》」って、知《し》ってる？　訴《うった》えられた人《ひと》が悪《わる》いことをするのをみた人《ひと》や、裁判《さいばん》の決《き》めてになることを知《し》っている人《ひと》を証人《しょうにん》っていうんだ。

だけどアリスは女王《じょおう》がパイを作《つく》るところをみてないし、ジャックがパイを盗《ぬす》んで逃《に》げるところをみてないし、この事件《じけん》に関《かん》してはなんにも知《し》らない。それなのに、いったいなんで、証人《しょうにん》として呼《よ》ばれたんだろう。はっきりいって、まったく、ちっともわからない。

それはともかく、アリスは証人《しょうにん》として呼《よ》ばれた。白《しろ》ウサギがラッパを吹《ふ》いて、「アリス！」と呼《よ》んだ。アリスは大《おお》あわてで立《た》ち上《あ》がった。そのとき——

そのとき、何《なに》が起《お》こったと思《おも》う？　アリスがスカートを陪審員席《ばいしんいんせき》に引《ひ》っかけて、倒《たお》しちゃって、陪審員《ばいしんいん》が放《ほう》り出《だ》されちゃったんだ！

さて、12人《にん》いるかどうか確《たし》かめてみよう。陪審員《ばいしんいん》は12人《にん》と決《き》まってるんだよね。カエル、ネムリネズミ、ネズミ、イタチ、ハリネズミ、トカゲ、チャボ、モグラ、アヒル、リス。それから、くちばしが長《なが》くて、ぎゃーぎゃーうるさい鳥《とり》がモグラの真後《まうし》ろにいる。だけど、まだ11人《にん》だ。もうひとりみつけないと。

小《ちい》さな白《しろ》い頭《あたま》がみえない？　モグラの後《うし》ろ、くちばしの下《した》に。これで12人《にん》だ。

清川《きよかわ》あさみさんは、ぎゃーぎゃーうるさい鳥《とり》はコウノトリだといってる（コウノトリは知《し》ってるよね？）そして小《ちい》さい白《しろ》い頭《あたま》はハツカネズミなんだそうだ。かわいいね、この子《こ》。

アリスはみんなをそっとそっと、取《と》りあげた。だれも痛《いた》い思《おも》いをしませんようにって。

14　トランプの嵐《あらし》

さあさあさあ、いったいどうなることやら。アリスはどうなったと思《おも》う？

それをこれから話《はな》そう。できるだけくわしくね。裁判《さいばん》が終《お》わりに近《ちか》づくと、王《おう》さまは陪審員《ばいしんいん》に、ハートのジャックが無罪《むざい》か有罪《ゆうざい》かを決《き》めるようにといった。つまり、パイを盗《ぬす》んだのがジャックなのか、ほかのだれかなのかを決《き》めろって。ところが女王《じょおう》ったら意地《いじ》が悪《わる》いもんだから、何《なに》がなんでもジャックを有罪《ゆうざい》にしてやろうと心《こころ》に決《き》めてた。これって、ひどいよね？　だって、もしジャックがパイを盗《ぬす》んでなかったら、罰《ばつ》を受《う》けるのはまちがってる。きみだって、してもいないことで罰《ばつ》を受《う》けるのはいやだろう？

そこでアリスはこういった。「ばっかみたい！」

そこで女王《じょおう》はこういった。「その子《こ》の首《くび》をはねちゃえ！」（いつもの口癖《くちぐせ》だよね、怒《おこ》ったときの）。

そこでアリスはこういった「だれもあんたのいうことなんかきいてないいってば。あんたたち、みんなトランプのカードのくせに！」

これをきいて、みんな怒《おこ》ったね。空中《くうちゅう》に舞《ま》いあがると、アリスめがけて飛《と》んできた。まるでカードの嵐《あらし》だ。

それからどうなったか？　わかるわけないよね。どうなったかっていうと、アリスは、すごくおもしろい夢《ゆめ》からさめちゃったんだ。トランプのカードだと思《おも》ったのは、舞《ま》い散《ち》る木《こ》の葉《は》だった。風《かぜ》が吹《ふ》き散《ち》らした葉《は》っぱがアリスの顔《かお》に落《お》ちてきたんだ。

　不思議《ふしぎ》な夢《ゆめ》をみるって、すてきだよね。それもアリスがみたようなやつがいいよね。

　どうすればいいか教《おし》えてあげよう。まず木《き》の下《した》に寝転《ねころ》ぶ。そして待《ま》ってると、時計《とけい》を持《も》った白《しろ》ウサギが走《はし》ってくるから、目《め》を閉《と》じて、かわいいアリスになったふりをすること。

　じゃ、またね、アリス。

　また、そのうち！

おしまい

清川あさみ（きよかわ・あさみ）
布や糸を使ったアーティストとして写真に刺繍を施すなど、その独特な世界感は幅広い年齢層にファンを持つ。また、数々のCDジャケットや広告のアートディレクターとしても活躍中。主な著書に、旬な女優を動植物に変身させる『美女採集』『AKB48×美女採集』（ともに講談社）。絵本『幸せな王子』（文：オスカー・ワイルド）『人魚姫』（文：アンデルセン）『銀河鉄道の夜』『グスコーブドリの伝記』（文：宮沢賢治）『もうひとつの場所』（すべて小社）、『かみさまはいるいない？』（文：谷川俊太郎／クレヨンハウス）。作品集『caico』（求龍堂）、『清川あさみ作品集 ASAMI KIYOKAWA-5 Stitch Stories-』（ピエブックス）など。2010年度VOCA展入賞。主な個展「清川あさみ｜美女採集」（2011年水戸芸術館／2012年表参道ヒルズ／2012年みやざきアートセンター）など。http://www.asamikiyokawa.com/

ルイス・キャロル
1832年、英国チェシャー州で牧師の長男として生まれる。ラグビイ＝スクールをへて、オックスフォード大学クライスト＝チャーチ学寮卒業。母校で数学と論理学の教師になる。学寮長リデルの娘"アリス"のために「地下にもぐったアリスの冒険」を物語り、1865年、その話をもとに『不思議の国のアリス』を出版。1871年『鏡の国のアリス』出版。写真家でもあった。1890年、ルイス・キャロルみずから、『不思議の国のアリス』を子どもたちのためにやさしく書き直し、14章という物語の構成は変えずに、長さを1/4にして、『THE NURSERY ALICE（こども部屋のアリス）』を出版。1898年没。

金原瑞人（かねはら・みずひと）
1954年岡山市生まれ。法政大学教授・翻訳家。児童書やヤングアダルトむけの作品のほか、一般書、ノンフィクションなど、翻訳書は400点以上。訳書に『豚の死なない日』（白水社）『青空のむこう』（求龍堂）『ブラッカムの爆撃機』（岩波書店）『国のない男』（NHK出版）『不思議を売る男』（偕成社）『バーティミアス』（理論社）『パーシー・ジャクソンとオリンポスの神々』（ほるぷ出版）『夏の暑さのなかで』（岩波少年文庫）など。エッセイに『翻訳家じゃなくてカレー屋になるはずだった』（ポプラ社）、その他、『雨月物語』（岩崎書店）『仮名手本忠臣蔵』（偕成社）などがある。

こども部屋のアリス
作：ルイス・キャロル

2013年3月27日　初版第1刷発行

絵：清川あさみ
訳：金原瑞人
写真：新津保建秀

アートディレクション＆デザイン：中島英樹
デザイン：田中幸洋（中島デザイン）

撮影協力（デジタルオペレーション）：羽立 孝（uto）

協力：田中秀樹（工房空良）　Suzuki takayuki　高橋涼子

編集：熊谷新子

発行者：孫 家邦
発行所：株式会社リトルモア
〒151-0051 東京都渋谷区千駄ヶ谷3-56-6
TEL:03-3401-1042　FAX:03-3401-1052
info@littlemore.co.jp
http://www.littlemore.co.jp

製版：千布宗治
印刷・製本：凸版印刷株式会社

©Asami Kiyokawa / Little More 2013
Printed in Japan
ISBN 978-4-89815-357-4 C0093

乱丁・落丁本は送料小社負担にてお取り替えいたします。
本書の無断複写・複製・引用を禁じます。